KB071837

청어詩人選 207

나는 새가 부럽다

김완성 시집

청어

청어詩人選 207

나는 새가 부럽다

김완성 시집

한 생을 밀쳐두고
무작정 기다렸다

가다리고 또 기다려도
오지 않았다

학모가지가 되어도
오지 않았다

내가 기다리는 게
도대체 뭐더라

―〈고도를 기다리다〉

시인의 말

시가 노래가 되어야 하는
사람의 시는 노래가 되고

시가 밥이 되어야 하는
사람의 시는 죽도 안 되고

그래도 시는 태어나고
그래도 시는 노래하고

2019. 10.
김 완 성

차례

제1부

제2부

제3부

제4부

제5부

제6부

제1부

강릉 사람들은 솔향기가 난다

강릉에는 소나무가 사람보다
더 많이 모여 삽니다

강릉에는 하얀 모래가 소나무보다
더 많이 모여 삽니다

강릉에는 하얀 모래보다 푸른 파도가
더 많이 모여 삽니다

강릉에는 푸른 파도보다 맑은 소망들이
더 많이 모여 삽니다

소나무를 닮은 강릉 사람들은
솔향기가 납니다

일체유심조

호수에 비친 그림자는 고요하다
강물에 비친 그림자는 흘러간다

우리들 마음도 이와 같아서

내 마음이 고요하면
내가 보는 네 마음이 고요하고

네 마음이 흔들리면
네가 읽는 내 마음도 흔들리겠지

광대나물

광대나물
이름 한번 재미있게 불렀네요

맘씨 좋고 장난 잘 치는
동네 아저씨 같은 얼굴이네요

가만히 들여다보니 어딘가 조금은
빈구석이 보이는 모자란 눈빛

광대나물 같은 내가
저기 있네요

꽃은 간다

언덕에 올라 흔드는 노란 소수건
수선화 돌아보면 일찍 간
눈이 큰 누이 생각 뜬금없다

울타리에 기대어 하염없이
고향을 불러내는 목이 긴 과꽃
시집간 누나 생각 불러낸다

꽃병에 모여앉아 수다 떠는
푸르지아 꽃 환한 웃음
멀리 떠난 사람 달빛 젖은 발소리

정성으로 갈무리한 장독대 언저리에
목을 빼고 소리치는 맨드라미 장닭
쪽진 머리 단정한 어머니 생각 아득하다

나무가 되다

나무 몸통에 등 기대고 서서 귀 기울이면
나무의 생명수가 내 몸 속으로 흘러들어오고

나무의 몸통에 등 기대고 서서 마음을 모으면
내 몸속 기운이 나무속으로 흘러가고

나무는 내가 되고 나는 나무가 되어
마침내 우리는 하나가 된다

나무는 나를 따라 벌판을 내달리고
나는 나무처럼 두 발로 허공을 걸어가고

활래정 연꽃처럼

연꽃 만나고 가는 그 사람 같이
바람을 데리고 그렇게 가지 말아요

낮고 고귀하게
때로는 쓸쓸하게

뜨겁지 않게
뜨거워도 뜨겁지 않게

바람을 데리고 오는 순백의 여인
연꽃 만나고 가는 그 사람 같이

엎드려 있어야 오래 간다

때로는 꽃바람이 느닷없이
치맛자락을 들추는 봄날

비릿한 비 냄새를 몰고 달려오는 여름
무르팍 까지는 것도 모르고 퍼붓는 소나기

초경에 놀란 계집애가
구겨 던진 색종이 같은 단풍

밤새 쌓인 숫눈은 나대지 말고
엎드려 있어야 오래간다고

구름 그림자가 근심처럼
마을을 지켜보는 마을

열일곱 살이에요

'가만히 가만히 오세요
버드나무 아래로'

왜 하필이면 버드나무 아래일까
서슬 푸른 가시가 눈을 부릅뜬 대추나무도 있고
입덧이 난 새댁이 한 알만 먹고 싶다는
언제나 어디서나 고향 같은 살구나무도 있고
마을을 지키느라 너무 속이 타서
가슴에 구멍 뚫린 느티나무도 있는데
어쩌면 그 매가리 없는 휘휘 늘어진
버드나무 아래로 오라고 할까
성춘향과 줄리엣은 열여섯 살로 요란하게
사랑을 했는데 열일곱 살이야 버드나무 아래가
사랑을 감추기 딱 좋은 장소인줄 어련했을까

'알으켜 드릴까요
열일곱 살이에요'

감자꽃 피다

못된 병으로 가실 날이 오늘 낼 하면서도
시어머니는 텃밭에 감자씨 넣으라고 성화시다

성치 않은 몸으로 시집을 와서
딸만 줄줄이 셋이나 쏟아 놓으니
장님 삼 년 벙어리 삼 년
말만 듣던 시집살이 말해 무엇하리
그래도 무던한 신랑 만나 그런대로 견디며
성한 사람보다도 더 야무지게
허리 휘게 눈 아프게 부업으로 자식들
제대로 크는데 한몫을 하고
이를 옥 물고 살아낸 아픈 세월
눈물로도 다 말 못해

가재미눈으로 보던 시어머니
세월이 약이라더니 미운 정도 정이라고
서로가 측은지심으로 챙겨주고 살펴보는
그런 사이되더니 얼마 못가 못된 병마가
시어머니 데려가고 말았네

병상에서도 집안 농사 걱정을 하는
시어머니 성화가 심은 감자밭에
감자꽃이 화들짝 피었습니다
평생을 흙속에 묻혀 흙처럼 살다간 시어머니
감자밭에서 환하게 웃는 것 같습니다
감자꽃을 바라보던 아들은
−올해는 감자를 캐지 말아야겠다
옆에서 감자밭을 응시하던 며느리는
아무 말 없이 빈 하늘만 쳐다봅니다
어디선가 갈매기들이 석양을 울고 갑니다

Donde Voy

'태양아 부디 나를
들키지 않게 해다오
어디로 가나
어디로 가나
희망이 내 목적지인데
나는 외로이
사막을 도망쳐 가네'
– 〈돈데 보이〉 노래 가사

'구세주'라는 뜻을 가진 엘살바도르 나라
국적의 35세 아빠와 두 살배기 어린 딸이
리오그란데 강을 건너 꿈의 나라 미국으로
입국하려다 어린 딸이 아빠의 목을 감고
물속에 엎드려 숨을 거둔 사진이
세계의 가슴을 아프게 두드렸다

떠날 수밖에 없어서 떠나는 사람들
좀 더 나은 새 삶을 위해 새로운 세상을 찾아
목숨을 걸고 온갖 위험을 무릅쓰고 사막을 넘고
강을 건너 세 개의 국경을 뛰어넘는
이들은 누구인가
어린 딸과 젊은 아빠는 어디로 갔는가

"너는 무사히 미국에 도착할 거야
그렇지만 신이 아니라
악마가 인도할 것이다"

-Sin Nombre: 이름도 없이

멕시코 영화-〈죽음의 열차를 타고〉

황매산 철쭉꽃

가까이 들여다보면
분홍빛 고운 얼굴

멀리서 발라보면
보랏빛 치맛자락

유년에 진달래꽃은 먹을 수 있다고
참꽃이라 이름 부르고

철쭉꽃은 못 먹는 꽃이라고
개꽃이라 이름 불렀지

개꽃이라고 부르던 철쭉꽃
해마다 새봄이면 눈 호강 반갑구나

하늘 무너지다

강물소리 좋아서
강물소리 들리는
하늘을 바라다

머리 허연 미친 사내
무지개 잡으러 물 건너가다

물소리 따라서
속절없이 흘러갔네

그 강을 건너지 마오
이 세상 건너지 마오

허위허위 달려온 철지난 아내
강바닥 두드리며 두드리며
하늘이 무너져라 노래했다네

파도처럼 지금까지

바다가 생겨난 후로 지금까지
한 번도 멈추지 않은 파도처럼

당신을 알고 나서부터 지금까지
한 번도 멈추지 않은 멈추지 않는

제2부

억울하다

내가 거실 소파에 앉아 있을 때
앞으로 아내가 지나가면
─여보!
부르고는 아내에게 손을 흔들어준다

아내도 내게 손을 흔들어 준다
어떨 때는 마지못해 쳐다보지도 않고
건성으로 손만 흔들어 보이며 지나간다

손을 흔들기 시작한 지 몇 년 된다
문득 억울한 생각이 들었다
곰곰 생각해보니 아내가 먼저 나한테 손을
흔들어준 적이 한 번도 없는 것이다

아내에게 내가 억울하다고 하니
─아이구 엄청 억울하겠수
콧방귀를 뀐다

지금도 먼저 손을 흔드는 건 나다
나는 무척 억울하다

눈높이

올려다 보면 높고
내려다 보면 낮다

권력도 그렇고
금력도 그렇고

여자도 그렇고
사랑도 그렇고

세상도 그렇고
인심도 그렇고

올려다 보면 높고
내려다 보면 낮다

청산에 살다

−시인 고진하

학을 닮은 사내와
풀꽃 같은 아내
앞서거니 뒤서거니
산으로 간다

산 아래 마을은 잊어버리고
반가운 구절초 눈 맞추며
산비둘기 구구대는
산으로 간다

산 내음 싱그러운 산나물 뜯고
산신령에게 산나물 값하는
고운 아내 춤사위
곱기도 하다

매일 밤이 첫날밤이라는
학처럼 정갈한 사내
산하고 정분나서
산에서 산다

환선정에 오르다

송림이 품고 앉은 춘갑봉 끝자락
신선을 불러 노닐만하다는 환선정

내가 나를 불러 마루에 오르니
졸고 있던 솔바람이 놀라서 자리를 내 준다

송림 사이로 멀리 보이는 거울호수가
석양에 하얗게 누워있다

신선이 아니니
신선은 부르지 못하고

신선 시늉으로 가부좌 하고
쥘부채로 솔바람을 불러본다

수수꽃다리의 기억법

산 넘고 바다 건너 멀리 가더니
키만 키우고 진한 향수 뒤집어쓰고
콧대만 높여서 돌아왔구나
조선시대 환향녀 같이 돌아 왔구나

아담하고 조용한 여인으로
은은한 향기로 나를 불러내던
수수꽃다리 작은 소녀야
어쩌려고 눈에 띄는 대로 모조리
가지려는 색광녀가 되어 돌아왔느냐
네가 욕심내는 남정네들은 너로 인해
모조리 망가져버리는 너는 팜므파탈 아니냐

해 뜨는 아침의 작은 나라에서 태어나
작은 마음으로 너답게 살아가면
수수꽃다리 그 이름처럼 향기로울 걸

변덕

변덕은 여자들 전유물인 줄 알았는데
이게 무슨 날벼락인가
내 속 어딘가에 변덕이란 놈이 둥지를 틀고
있다는 게 말이나 되는 일인가

언제는 〈찔레꽃〉 같은 장사익의 노래가 좋더니
청승 떠는데 정나미가 떨어져 버렸다
이제는 플래시도 도밍고와 존 덴버의 〈퍼햅스 러브〉
〈안개 낀 장충단 공원〉 〈돌아가는 삼각지〉 같은
배호의 노래도 그럴 듯하게 들린다
물론 〈유 레이즈 미 업〉 이나 〈험한 세상 다리가 되어〉
〈타임 투 세이 굿바이〉 등도 싫지 않고

변덕은 여자들 전유물인 줄 알았는데 내게도
변덕이란 놈이 둥지를 틀고 살고 있을 줄이야

송곳에 찔리다

뾰족한 것이 송곳만은 아니다

뾰족한 송곳에 찔리면 피를 보듯이
뾰족한 눈짓에 마음도 찔린다

뾰족한 말 한마디에 가슴에 멍이 들고
뾰족한 발걸음에 미움이 자라고

뾰족한 기억에 불면은 뒤척이고
뾰족한 여자는 잊혀질 이름이고

뾰족한 한마디 말이
가슴에 못을 박는다

뾰족한 것이 송곳만은 아니다

유비무환

친구여 자네도 알고 있는가
소는 왜 몰고 가고 말은 어째서 끌고 가는 지

소를 몰고 가는 거는 날카로운 뿔이
언제 들이 받을지 모르니까 몰고 가는 거고

말을 끌고 가는 거는 무지막지한 뒷발이
언제 공격할지 모르니까 끌고 갈 수밖에

우리들 사는 것도 다 같은 이치 아닐까

믿기지 않는 위험한 일은 살살 달래어서
소처럼 몰고 가는 게 안전 할 테고

언제 배신할 줄 모르는 위험한 인물은 말처럼
가만가만 얼러가며 끌고 가는 거라네

우리가 험한 세상 무사히 건너려면
별 수 없이 그렇게 하는 게 무탈할 걸세

詩

詩는 思無邪(사무사)라고 하는데 요즘 일부 詩들은
詩 같기도 하고 아닌 것 같기도 하다

자기만 알아듣는 혼잣말
아기들의 옹알이 같은
귀신 씨나락 까먹는 소리로
요설을 떠는 어떤 이들의 詩에는 온통
삿됨이 범벅인데도 詩라고들 하니
詩의 세상이 삿된 것인지 아닌지 모를 일이다

詩여
너는 누구를 위하여 노래하는가

심심하다

빨랫줄에 멋쩍게 걸터앉아
빈집을 보고 있는 심심한 빨래들

마음을 창턱에 올려놓고
빈들을 지키는 사람

빨래와 같은 족속일까

만년설

치악산 시루봉에 하얀 눈이
세 번 오면 고향마을에도
첫눈이 찾아옵니다

치악산 시루봉에 하얀 눈이
한 번도 오지 않았는데
첫눈처럼 그 사람이
하얗게 내게로 왔습니다

첫눈은 쉽게 녹아 사라지지만
첫눈처럼 찾아온 그 사람은
첫눈처럼 그렇게
쉽게 지워지지 않습니다

몽블랑 만년필의 만년설처럼
녹지 않고 내 가슴에 살아있습니다

아침 편지

아침 식사 때마다
요구르트에 넣어 먹는 생 유산균
봉지로 편지를 접어
아내에게 줍니다

−버릴 걸 뭘 그렇게 애써 접어요
−편지는 정성인 걸 몰라요
−아무 사연도 없는 게 무슨 편지
−거기에 담긴 마음이 안보여요

마음으로 조각하기

나무나 돌에서 필요 없는 부분을 덜어내어
원하는 모습이 살아나는 게 조각이라는데

만물 중에 불필요한 거는 애시 당초 없을 텐데
본래의 생긴 모습 그대로 놓아두고

때때로 마음속으로 조각을 하면 그 때마다
원하는 조각상을 구현해 낼 수 있어서 좋고

공연히 시간과 수고로움을 낭비하지 않아서
마음속으로 조각하는 게 어떨까

제3부

달항아리

"나를 죽이지 못하는 것은
나를 더 강하게 만든다"
　　　　　　　　　　－니체

참아내는 힘은
땀 한숨 눈물을 먹고 큰다

얼굴로 늙어가는 걸 감지하는 여인의 서투른
변장법 차라리 안하는 게 더 좋을 딱한 일이다

겨울 산처럼 담아내기 위해서 비워내는
담백하고 간결한 너에게는 부끄러운 일이다

못된 여자의 눈길처럼 싸늘한 사기이면서
어린 손자를 바라보는 할아버지의 그 눈길 같은

조선의 도공이 샘물 같은 마음을 버무려 빚은
흙에다가 어떻게 어머니의 체온을 담아냈을까

꾸미지 않은 순수의 시대 처녀 같이
순결하게 비워낸 하늘을 담아낸 고요한 여유

흙과 물과 불을 달래고 얼러
지성으로 빚어낸 순백의 그릇

동해바다에게 보낸 엽서

옛날도 아닌 그래도 아주 오래 전에
원주에서 강릉엘 처음 왔다

흙먼지 굽이굽이 대관령 넘어
동해바다를 처음 만났다

망망한 바다
막무가내로 달려드는 파도

바닷물이 짜다는 걸
맛을 보고서 확인했다

가지고 다니던 보통엽서에
몇 자 적어 바닷물에 부쳐 보냈다

그러구러 다시 오랜 세월 후에
강릉에서 지금까지 40년을 살아오고 있다

그때 부친 엽서의 회신은 아직까지
감감 무소식이다

넘어져도 다시 또 달려오는 파도를 보며
오늘도 어제도 답신을 기다리고 있다

진주조개

교실에서 동해바다가 내다보이는
여고에서 근무할 때의 일이다

한 여학생이 교무실로 찾아왔다
다음 시간에 외출을 하겠다고 한다
이유를 물으니 지난 시간에 바닷가에서
장난을 치다가 거기에 모래가 들어갔단다
알았다고 보냈다
−아깝다! 그냥 두면 진주가 될 텐데
옆자리에 선생이 장탄식을 한다
곁에 있던 여러 선생들 가가대소

지금은
그 여학생 얼굴도 이름도 기억하지 못한다

땅내

모판에서 모를 쪄서 논에 모내기를 하고
한 닷새 지나고 나면 노랗게 비실대던 모가
새파랗게 일어서는 게 놀랍다
마침내 땅내를 맡은 거다

연탄이 유일한 땔감이었던 남루의 시대
연탄가스에 중독되어 의식을 잃으면 맨땅에
엎어놓고 거적이나 이불을 덮어 놓는다
땅내를 맡아야 목숨을 살린다고

산들바람은 부드럽게

"마음은 주님께 맡겨라
몸은 내가 관리한다"

교도소장 노턴이
신참 죄수들에게 엄숙하게 고한다

수형번호 37927번 앤디는 누명을 쓰고
내일을 기약할 수 없는 종신형이고

30265번 흑인 죄수 레드는
20년 차 모범수다

도서를 배달하고 관리하는 브룩스는
사회가 두려운 50년 차 모범수다
가석방되어 사회로 복귀한 부룩스는
자유를 견디지 못하고 밧줄의 힘을 빌려
인생에 마침표를 찍는다

교도소에 울려 퍼지는 아마데우스의
〈산들바람은 부드럽게〉가 교도소
죄수들을 순한 양으로 샤워를 시킨다
교생실습 나가서 내가 틀던 바로 그 곡이다
눈 내리는 시골학교 방송실에서 추위에 떨며
방과 후 텅 빈 교정 적막을 깨우던 그 노래
오버랩 되어 아득한 그날 그때 그곳으로
새파랗게 젊은 나를 데리고 간다

천둥번개 치고 비가 쏟아지는 밤
앤디는 완전하게 노턴을 엿 먹이고 자유를 찾는다
죄수들 몸은 자기가 관리한다고
엄포를 놓던 교도소장 노턴은 정작 자기
한 몸도 관리하지 못하고 끝내 권총의
신세를 지고 인생의 막을 내린다
자기가 자신을 심판한 꼴이다

가석방으로 자유의 몸이 된 레드는
자유가 넘실대는 바닷가 기억이 존재하지 않는
따뜻한 곳 멕시코 연안 지후아테나호에서
기다리고 있던 앤디와 웃으며 손을 잡는다
산들바람은 부드럽게 우리들 마음을 감싸준다
자유를 위한 탈출은 모두가 아름답다

팽개치다

검버섯으로 얼룩진 얼굴이 멋쩍은 바위
하늘을 가득 담고도 속이 허전한 빈 독

잿빛 같은 날들이 더러워만 가는
뭣 같은 세상을 팽개치고 싶다

추락하는 새들은 어디로 가나
권태로운 심사는 어디에 두나

빈손을 보고 싶다

거울호수로 산책을 가려면 버스 정거장 벤치에
라면 박스를 깔고 앉은 곶감처럼 하얗게 늙은
할머니 앞을 지나야 한다
─돈 좀 줘
할머니는 지나가는 사람한테 돈을 달라고 손을 내민다
집 사람 말로는 그 할머니가 창을 제법 잘 한다고 한다
몇 차례 할머니 빈손을 못 본체 지나쳤다
그럴 때마다 뒤통수가 부끄러웠다
하루는 미리 준비했던 만 원짜리 한 장을
─돈 좀 줘
할머니 손에 재빨리 쥐어 주었다
숙제를 마친 가벼운 기분으로 거울호수로 갔다
─창하는 할머니가 요새는 안 보여 어디가 아픈가
집 사람이 창하는 할머니가 안 보인다고 한다
가을이 가고 겨울도 지나고 어느새 뻐꾸기 노래하는
새 봄이 되었는데도 할머니는 보이지 않는다고
이따금 집사람은 할머니 걱정이다
─당신 얼마 줬어
내가 아내에게 물으니 오천 원을 줬다고 한다
나는 할머니에게 돈을 줬다는 말은 하지 않았다
─돈 좀 줘
하고 내미는 할머니 빈손을 보고 싶다

내 하나의 사람은 가다

그 사람이 갑자기 세상을 떠났다는
뉴스를 보고
노래방에 가서 한나절을 울면서
그 사람을 불렀다는
복실이 엄마

꿈 많던 여고 시절
선생을 사모하여 반 백 년을
가슴에 묻고 살았다는
복실이 엄마

내 하나의 사람은 가고
나 하나의 사람은 남고

할아버지 시계

한국 전쟁이 터져 난리가 났을 때
피난 갈 때 두고 간 할아버지 벽시계

밤이나 낮이나
밥만 주면 쉬지 않고

불알을 흔들면서
시각을 잘도 일러 주던

할아버지 벽시계
피난 갔다 돌아와 보니

혼자서 집을 지키다
장렬히 전사하고 말았다

할아버지 벽시계는 가고
할아버지도 벽시계를 좇아가고

시각을 알리는 소리 할아버지 벽시계소리
지금도 들려오는 할아버지 벽시계소리

풀밭 위의 점심 식사

예비군 훈련을 때우러 갔다
오전 훈련 과정이 끝나고 점심 식사시간이다
직장 동료들과 풀밭에 둘러 앉아
준비해온 점심을 풀어 놓고 식사를 한다
훈련을 갈 때도 그렇지만
훈련을 마치고 귀가할 때 들고 갈 빈 도시락이
여간 귀찮은 게 아니다
훈련을 마치고 귀가할 때는 들러 갈 곳이 있게 마련이다
술 한잔으로 하루의 피로를 씻어내는 통과의례이다
그럴 때 제일 성가신 게 빈 도시락이다
거기다가 예비군 훈련이 무슨 자랑이라고
빈 도시락은 자꾸만 뭐라고 소리를 지른다
그래서 약속이나 한 듯이 직장 동료 대여섯 명 모두가
하나같이 김밥을 신문지에 둘둘 말아가지고 왔다
김밥을 펼쳐 놓고 보니 김밥을 먹기 좋게
썰지를 않고 통째로 기다랗게 생긴 그대로 가져왔다
ㅡ가만 보니 마누라들이 꼭 자기 남편 거시기만 하게
잘도 싸 보냈구나 용하다 용해
누군가 하는 장난소리에 모두들 한바탕 웃었다
자신의 거시기만 한 시커먼 김밥을 킥킥거리며 먹는다

파리의 달

서울의 달은 울상이더니
파리의 달은 환하게 웃고 있다

파리의 달은
세느강의 맑은 물에 세수를 해서 그런가
노트르담 성당의 맑은 종소리에
귀를 씻어서 그런가

서울의 한강은 온갖 오물이 모여서
요강이라고 하더니
그 강물에 목욕을 해서
서울의 달은 그 모양인가

같은 하늘에 같은 달인데
파리의 달은 웃으며 노닐고
서울의 달은 울면서 떠돌고

초희의 마음

조선 땅에 여자로
태어난 것도 그렇지만

원치 않은 출가는
더욱 그렇고

코뚜레한 세상을
어쩌지 못해

날마다 담을 나서
대관령 너머

마음은 새가되어
만 리를 가네

제4부

호미

어머니처럼 너는
거기 있었다

도라지꽃 별 밭에
잉걸불 고추 밭에

땀으로 김을 매는
어머니의 굽은 허리

그냥 가다

꽃이 지고 나면 아무도
그 나무를 쳐다보지 않는다

아름다운 여인이 지나가면
모두들 그냥 가지 않는다

그 여자 할머니 되어 지나가면
아무도 쳐다보지 않고 그냥 간다

빈 가지에 바람 가듯
쳐다보지 않고 그냥 간다

아욱국

감자를 캘 때 툭툭
불거지는 흙냄새 같은

아욱국을 먹으면서
어머니를 생각합니다

맛이 없어도 아욱국을 끓여준
아내가 고맙습니다

맛있는 아욱국을 끓여준 어머니한테는
끝끝내 고맙다는 말을 못했습니다

아욱국을 먹으면서 자꾸만
어머니를 생각합니다

고도를 기다리다

한 생을 밀쳐두고
무작정 기다렸다

기다리고 또 기다려도
오지 않았다

학모가지가 되어도
오지 않았다

내가 기다리는 게
도대체 뭐더라

숫눈 위에 배달된 카드

밤새
눈이 내렸나 보다

아침에 일어나 대문을 여니
온 세상이 하얗다

마당 가득 하얀 눈 위에
세상에서 제일 큰 카드가 놓여있다

Merry Chrismas

발신인은 지금도 누구인지 모른다

단색화 묘법

色은 죽이고
이미지는 지우며

자연 속으로
걸어들어 가는

붓을 든 사람

의자의 노래

김용만의 의자는
임자가 없고

고흐의 의자는
촛불이 주인이고

조병화의 의자는
주인을 기다리고

빈 의자는
용기 있는 자가 주인이다

동화작용

숲속에 들어가면
숲은 사라지고 나무만 보이고

당신 속에 들어가면
나는 없어지고 당신만 보이고

어머니의 시집살이

아무리 우스워도 웃지 못하고
혀 깨물고 참아야 합니다

아무리 서러워도 울지 못하고
입술 물고 견뎌야 합니다

들어도 못 들은 척 귀머거리 3년
보고도 못 본 체 장님 3년
억울해도 입 다물고 벙어리 3년
그렇게 죽은 듯 살아내야
마침내 입 터지고 귀 뚫리고 눈 밝아지는
어머니의 시집살이 동이 틉니다

눈 저울

아내가 담아준 내 그릇의 음식과
아내의 그릇에 담긴 음식은
언제나 차이가 난다

내 음식이 더 많다고 하면
아내는 똑같이 담았다고 한다

눈 저울로 대충 달아 보면
그게 아닌데

그래도 아내는
똑같다고 한다

내 아내

내 안에 있는 사람
집에 있을 때나 밖에 있을 때나
늘 내 안에 있는 사람

비에 젖을 때
눈이 내릴 때
언제나 같이 있는 사람

닭소리 같이 듣고
새소리 같이 듣고
물소리 바람소리
함께 귀 기울이는 사람

동틀 무렵 해질 무렵
꽃이 오고 꽃이 가고
그때마다 함께 하는 사람

언제나 내 안에 있는 사람
내 아내

장작더미로 남은 사람

장작더미를 보면 할아버지 생각
안 나느냐고 묻는 말에
"생각하면 뭐 해유"
미수를 바라보는 할머니가 하는 말이다

혼자 남은 할머니가 추운 마음이야
어떻게 못해도 몸이라도 따뜻하게 살라고
할아버지가 아픈 몸으로 장작을 쟁여 놓고 떠났다
저 세상으로 간 남편 못 잊어 할머니는
추운 겨울에도 할아버지의 고마운 마음이
담긴 장작을 헐어 때지 못하고 20년 동안
장작더미를 바라보고만 있다

오늘도 할머니는 장작더미를
남편인 듯 바라보고 있다

다시 시월에

또 너냐, 시월

릴케의 푸념처럼
낙엽 구르는

길거리를
헤매이는 사람

눈에 밟히다

제5부

금산사 가는 길

새소리 물소리
바람소리 푸르게

녹음 영그는
벌레소리

골짜기에 내 가슴에
자옥합니다

소월 만나다

창문을 열지 못할 지경으로 엄청나게
눈이 내렸지, 그때는
맨발에 귀때기를 싸쥐고 흰 옷들이
남루한 구름 되어 정처 없이 떠돌았지
죄 없는 청잣빛 멀쩡한 하늘 아래

까치가 허옇게 얼어 죽은
서른다섯 개의 엄혹한 겨울에 갇혀서
〈산새도 오리나무 위에서 울〉 수밖에
〈우리에게 우리의 보습대일 땅이 있었다면〉
앵속 같은 그런 몹쓸 것은 소용없을 것을

만파식적으로도 잠재우지 못할
수로부인의 바람기 같은
저 파도소리 들리는가
흥남 부두 아수라장에 뭉개진
여인의 절규 보이는가

소주 안주로도 제법 뒤척이는 동해바다
〈갈 봄 여름 없이〉 한겨울에도
자네의 〈진달래꽃〉은 잘도 피는데
언젠가 그날이 오면 자네가 꺾던
약산의 진달래꽃을 보고지고 보고지고

동백꽃

동백나무 숲 아래
목 잘린 동백꽃
지천으로 누워있다

한 길밖에 안 되는
이승과 저승 거리
기막히다

가을 스케치

사과나무가 안고 있는
아기 볼 만지다가
탱자나무 울타리에
치마를 찢겨
얼굴이 빨개진
저녁놀

풀벌레 울음을 걷어차며
황혼 속 강가를 거닐던 바람
어둠에 지워지는
풀꽃 속에서
지난날을
뒤적이고 있다

명암

손은 죄를 만든다

손으로 돌을 던지고 싸움을 한다
손으로 돈을 셈하고 미움을 산다
손으로 짐승을 죽이고 문을 잠근다
손으로 촛불을 *끄고* 이름을 지운다

손은 사랑을 만든다

손으로 편지를 쓰고 아픈 자를 돌본다
손으로 꽃을 키우고 악기를 노래하고
손으로 농사를 짓고 시를 빚고
손으로 밥을 하고 촛불을 밝힌다

해당화 속에 잠자다

거울호수 언저리
내가 이름 지어준
소월길

송강이 별거더냐
해당화 그 깊은 속에
나도 잠을 잤다구

네 잎 클로버

물 건너 풀밭에
수채화로 그려진 염소들

미루나무 한 그루
멋쩍다

흰 손수건 같은
구름 한 조각 들고

외사랑

남 몰래 숨어서
가늠자 위에 올려놓고

숨을 죽이고
탕!

자신도 모르게
서서히 방아쇠를 당겼다

분명히 너를 쏘았다
그런데

정작 죽은 건
나

도갑사 해탈문

해탈문 들어가도
나는 그대로 나이고

해탈문 나와도
나는 그대로 나이고

도깨비 생각

설악산 신흥사
돌계단 밑에서

법당을 지키는 도깨비가
도깨비 같이 생각납니다

등대는 잠 못 들고
하얗게 밤을 새웁니다

동해바다도 잠 못 들고 뒤척이는 밤
부치지 않는 편지를 밤마다 씁니다

송광사 물소리

계곡이 깊어야
물소리도 푸짐한가

마음을 다독이는
물소리 산새소리

차안과 피안의 경계
물소리 건너가니

징징대며 따라붙던
그 사람 간 곳 없다

선암사 홍매화

집과 여자는 가꾸기 나름이라는 말
선암사를 두고 하는 말입니다

선암사 절집 구경도 볼만하지만
600년 험한 세상 버텨낸 나무
홍매가 가히 일품입니다
내가 어느 왕조의 못난 임금이라면
정2품 아니라 정1품 홍매라고
벼슬을 내리겠습니다

보길도에는 고산이 산다

파도소리 졸고 있는
세연정에 오르니

지국총 지국총 어사와
어부사시사 배 떠나고

솔바람소리 베고 누워
낮잠 청하는 동천석실

찻물 끓는 소리
기우는 한나절

제6부

가을이 보낸 엽서

강물소리 들리는
가슴 시린 하늘

마음 한 자락
살짝 뜯어서

멀리 있는 사람에게
보낼까부다

마음이 저 산처럼
물들었다고

가슴 속 새 키우기

가슴 속에 새 한 마리 키우기가
세상을 품는 것보다 더 어렵다

가슴 속에 새를 가두어 놓고
아무리 애를 써도 허당이다

더러는 병들고
더러는 날아가 버린다

욕심이 나서 가슴에 품고
쩔쩔 매고 낑낑 대고 애를 태우는
자고로 새라는 동물은 다 그런 게 아닌가
틈만 나면 다른 가슴을 넘보고
새로운 새장을 엿보고
여차하면 날아갈 궁리를 한다

새는 가슴 속에 키우는 게 아니다
멀리서 그냥 바라보는 거다

그런 줄도 모르고

한국에 사는 새들은 억울하다

우리끼리 즐거워서 노래를 하면
사람들은 새들이 운다고 한다
자기들 마음이 슬픔에 절어서
그런 줄도 모르고

한국에 사는 새들은 기가 막힌다

우리들이 짝을 부르는 사랑노래를
새들이 운다고 한다
자기들 마음이 슬픔에 절어서
그런 줄도 모르고

팝콘

뻥이요!
장마당에 고소한 연기 자옥하다

쌀을 한 자루 뻥튀기 해다 놓고
쌀 튀밥을 한 사발씩 퍼먹고
물을 한 대접 먹고 나니 배가 부르다
한 시간도 안돼서 배가 고파 혼났다
고교시절 친구와 자취할 때
밥하기 싫어서 저지른
바보 같은 짓으로 벌 받은 거다

─돈을 뻥튀기 한다면
─쌀을 뻥튀기 한다면
보릿고개 넘던 배고픈 시절 이야기이다

팝콘을 한 봉투 들고
뻥이요!

모나리자

들릴 듯 말 듯 한
웃음

보일 듯 말 듯 한
눈짓

아직도
여자는 벽에서
내려오지 않았다

삽당령 단풍

하루를 마무리 하는
저녁놀은 아름답습니다

한해를 갈무리하는
단풍은 눈물겹습니다

삽당령 단풍을 만나
한생애가 부끄럽습니다

국 한 그릇

미친 입춘추위가 기승을 부리는 아침
시간이 달려간 밥 한 공기
차가운 락앤락 김치를 꺼내 놓고
혼자서 썰렁한 아침을 때운다

아내는 얼음눈에 낙상을 당해
다리골절로 병원에 누워있다
뉴스로만 보아오던 독거인의 일상이
청하지도 않았는데 내게로 왔다

따뜻한 국 한 그릇이 간절하다
뜬금없이 코허리가 시큰해진다
이제껏 아침저녁으로 따뜻한 밥상을 차려준
아내의 수고로움이 고단한 일상이 가슴 아리다

이제껏 그걸 모르고 살아온 세월이 부끄럽다
아내의 말을 잔소리로 치부하고
귀 막고 살았던 게 후회막급이다

미친 입춘 추위가 매운 아침
따뜻한 국 한 그릇이 무척이나 아쉽다

작은 것들 뒤에는

작은 별빛 저 뒤에는
거대한 별들이
자리하고 있습니다

작은 미소 저 뒤에는
아주 커다란 슬픔이
기다리고 있습니다

어머니의 몫

땀으로 김을 매서
발자국 소리로 키운 것들

제일 잘 생긴 놈들은
장에 내다 돈으로 바꾸고

둘째로 잘 생긴 놈들은
자식들한테 싸 보내고

제일 못난 남은 놈들은
이도 저도 안 되니 어머니 몫

해구(海球)

인간들의 세상이 아니라
바다 속 물고기들의 세상이었다면

지구가 아니고
해구라고 했겠지

땅도 바다도
우주까지도

힘 있는 자가
주인이다

라원에게

너무 예쁜 장미꽃은
피곤하다

수더분한 쑥부쟁이는
편안하다

장미꽃이 되지 말고
쑥부쟁이로 살아라

생각하는 사람
―로댕의 조각

〈지옥문〉 위에 앉아서
지옥문으로 쏟아져 들어오는

죄 많은 인간들 헤아리다가
감당을 못해

―이걸 어쩌나
목 꺾고 골머리 앓는

어머니

돌부리에 넘어져
무르팍이 깨지고 피가 나면
ㅡ호오
하고 아머니가 불어주면
그때는 용하게도 잘도 나았다

지금은
세상에 걸려넘어지고
가슴 속에 피멍이 들어도
ㅡ호오
하고 불어줄 어머니가 안 계시다

나는 새가 부럽다
-앙간비금도

새가 되어 새들처럼
저렇게 날아가고 싶다

이 몸이 새라면
두 팔 벌려 가로 막는 대관령 너머
새들처럼 자유롭게
이 땅을 떠나고 싶다

새가 되어 새들처럼
저렇게 날아가고 싶다

이 몸이 새라면
금줄로 가로 막은 수평선 너머
새들처럼 마음대로
이곳을 버리고 싶다

나는 새가 부럽다

김완성 지음

발 행 처 · 도서출판 **청어**
발 행 인 · 이영철
영 업 · 이동호
홍 보 · 천성래
기 획 · 남기환
편 집 · 방세화
디 자 인 · 이수빈
제작이사 · 공병한
인 쇄 · 두리터

등 록 · 1999년 5월 3일
(제1999-000063호)

1판 1쇄 인쇄 · 2019년 10월 20일
1판 1쇄 발행 · 2019년 10월 30일

주소 · 서울특별시 서초구 남부순환로 364길 8-15 동일빌딩 2층
대표전화 · 02-586-0477
팩시밀리 · 0303-0942-0478

홈페이지 · www.chungeobook.com
E-mail · ppi20@hanmail.net
ISBN · 979-11-5860-700-5(03810)

이 도서의 국립중앙도서관 출판시도서목록(CIP)은 서지정보유통지원시스템 홈페이지
(http://seoji.nl.go.kr)와 국가자료공동목록시스템(http://www.nl.go.kr/kolisnet)
에서 이용하실 수 있습니다.(CIP제어번호: CIP2019039769)